19

W0415710

E

Domingo

Hoje estou contente porque fui ao jardim zoológico com a minha avó.

Do que gostei mais foi dos macacos que não paravam de bater palmas a pedir mais amendoins.

Quando os vi assim a saltar por todo o lado, disse à avó que às vezes o pátio da escola também parecia uma aldeia de macacos. A avó riu-se e disse que então era uma aldeia de macaquinhos sem rabo.

À saída entrámos numa confeitaria e ela comprou-me um bolo de chocolate.

Segunda-feira

Na minha escola há um menino que me enerva porque não sabe sorrir nem brincar.

Tenho andado a atirar-lhe pedacinhos de borracha, mas finge que não dá por isso. No recreio passa o tempo encostado a uma árvore.

Tentei falar com ele mas deve ser tolo ou surdo porque não responde.

Então comecei a apanhar pedrinhas do chão e a atirar-lhas. Ele fez de conta que nenhuma lhe tinha acertado, mas acertou e acabou por choramingar um pouco.

Quando lhe perguntaram o que tinha, olhou na minha direcção, mas não disse nada.

À saída a avó estava à minha espera e eu contei-lhe o que tinha acontecido.

Ela disse: – Ema, achas bonito o que andas a fazer? Se esse menino não fala, não sorri e não brinca é porque tem um problema qualquer. Naturalmente não tem uma avó como tu para lhe contar histórias e os pais dele não têm tempo. Em vez de lhe atirares pedrinhas pergunta-lhe se quer uma história.

E fez-me prometer que não lhe atirava mais pedacinhos de borracha, e pedrinhas ainda menos. Eu prometi.

Terça-feira

Hoje a aula foi muito divertida. Fizemos passarinhos em papéis de várias cores.

Mesmo assim, à hora do recreio, o menino que não fala, não sorri e não brinca, lá estava encostado à sua árvore.

Segui o conselho da avó: aproximei-me dele e perguntei-lhe se queria uma história.

Fez de conta que não tinha ouvido e isso enervou-me.

À hora da saída, despachei-me para ser a primeira a chegar aos cabides e escondi-lhe o boné.

Como de costume a avó estava à minha espera.

Pelo caminho contei-lhe a partida que fiz ao meu colega.

Ela repreendeu-me outra vez, disse para eu o deixar tranquilo e fez-me prometer que, de volta à escola, iria procurar o boné e dar-lho. Eu prometi.

Quarta-feira

Que bom, hoje é o dia em que a avó costuma contar-me uma história. Até faço os deveres mais depressa para a ouvir.

Mas há uma condição: tenho de descobrir, numa das lajes do chão, um desenho que sirva para a avó inventar a história que me vai contar.

As lajes são de xisto e têm manchas de cor. Até parece que alguém andou a divertir-se a pintar coisas nelas.

Já encontrei, parece um urso e fui logo mostrá-lo à avó. Ela disse que estava bem. Que bom, temos história.

Vou arrumar as minhas coisas e depois vou ter com a avó e dizer-lhe: Está na hora, Vó. Sou toda ouvidos.

A história da avó

Laura ainda não era velha quando saiu da aldeia e se foi instalar sozinha numa casa de madeira lá em cima, à entrada da floresta.

O noivo tinha sido chamado para a guerra e os anos foram passando sem ele voltar a dar sinais de vida. Ela sofreu tanto que o povo murmurava que tinha ficado malzinha da cabeça com o desgosto. Foi nessa altura que ela se foi embora e começou a viver com as plantas e a preparar tisanas, xaropes e outras mezinhas.

À força de viver sozinha, Laura ia desaprendendo de falar, e, com os anos, tornou-se mesmo um pouco selvagem. A maior parte das pessoas acabou por esquecer o seu nome e só a conhecia por velha curandeira.

Ora aconteceu que, uma vez, estava ela em pleno dia a remendar a sua roupinha quando, de repente, ficou às escuras.

Admirada, foi à porta ver para onde tinha ido o dia e mais admirada ficou ao ver um grande urso que, encostado à janela, lhe tapava os vidros.

Habituada à floresta e aos animais da floresta, embora fosse a primeira vez que via um urso, dirigiu-se a ele nestes termos: – Ó Urso, não me tires o que não podes dar-me.

– E o que é que eu não posso dar-te? – perguntou o Urso sem se mexer donde estava. – O sol, evidentemente – respondeu a velha curandeira.

– Dá-me uma malga de leite da tua cabrinha – pediu o Urso – e saio da tua janela.

Ela pegou numa malga e foi tirar o leite à sua cabrinha Mimosa, e, quando voltou, encontrou o Urso dentro de casa, deitado na única manta que existia. O Urso bebeu o leite, e deixou-se estar onde estava.

– Urso, Urso, és muito grande, o meu espaço é pequeno, onde queres que eu durma?

Mas o Urso, sem se comover, foi dizendo:

– Manta tens ou terás, metade dás ou darás.

A boa mulher foi então buscar uma tesoura e cortou a manta em duas. O Inverno instalou-se à sua lareira e o Urso também.

Se por vezes saía, logo voltava, e ela não se atrevia a fechar-lhe a porta.

«Ora esta, como vou passar aqui o Inverno com este hóspede, eu que quase já nem para mim tenho forças?»

O Urso leu-lhe os pensamentos e disse:

– O Inverno que terás, não mais o esquecerás.

Com estas palavras se conformou a curandeira e, para se alimentar a si e ao Urso, lá foi recorrendo às suas reservas e às provisões que o merceeiro lhe fazia chegar de tempos a tempos, a troco dos seus remédios. Mas o que o Urso verdadeiramente apreciava eram as malgas de leite da Mimosa e um pouco de mel da excelente colmeia da mulher, lambareira como ele.

Naquele ano, o Inverno apresentou-se extremamente rigoroso e um grande nevão veio isolar ainda um pouco mais a casa da curandeira.

A mulher tratava do interior, mantinha a lareira acesa com a lenha que o Urso ia apanhar e começou a achar que afinal não era assim tão mau ter um Urso em casa.

Para a ajudar a passar os serões, o Urso pôs-se então a contar-lhe histórias, e tantas lhe contou que ela já não era só uma curandeira, era também um livro de histórias.

Os dias a passar e o Urso sempre a contar e a mulher a adormecer ao som da sua voz ronronante. Foi assim que, pouco a pouco, ela se foi lembrando das palavras e uma pequena luz divertida e marota se reacendeu nos seus olhos.

Um dia, quando a Primavera chegou, o Urso levantou-se muito cedo e disse:

– És uma boa mulher, foste uma óptima hospedeira. Obrigado pelo leite da tua cabrinha, pelo mel das tuas abelhas, pela tua meia-manta e por tudo o resto, obrigado. Vou-me embora e deixo-te com as minhas histórias.

E o Urso foi-se embora e a curandeira ficou com as histórias dele.

Com o bom tempo, as pessoas voltaram a subir a encosta para arranjarem uma tisana, um xarope, uma pomada. Encontraram a curandeira sorridente e conversadora, e como o bom humor e a atenção aos problemas dos outros são coisas que agradam, sobretudo numa curandeira, a notícia espalhou-se e ela começou a receber cada vez mais visitas.

A quem lhe perguntava o que tinha acontecido para ter mudado tanto, ela respondia que era graças à visita do Urso. Como nunca ninguém ouvira falar de ursos na região, as pessoas pensavam que estava a gracejar, riam com ela e não insistiam.

A brincar, a brincar, foi a partir dali que aquele ano passou a ser referido como «O Ano do Urso».

Foi também a partir dali que passaram a tratá-la novamente por Laura.

Um dia chegou um homem com o filho para ver se ela podia valer-lhes: preguiçoso, o rapaz tinha coisa, andava a modos que aluado. Laura pediu para ficar a sós com ele, mandou-o sentar num banquinho e perguntou-lhe de que sofria. Ele disse que se aborrecia de morte, que as pessoas só sabiam trabalhar e arrecadar e que, fora disso, ninguém tinha tempo nem nada para contar. No seu entender aquilo não era vida.

Laura começou por oferecer-lhe um sorriso um bocadinho desdentado, mas ainda assim um lindo sorriso que lhe foi direito ao coração, e pôs-se a contar-lhe uma historieta. O rapaz esqueceu-se do tempo, e quando ela acabou perguntou-lhe se podia voltar no dia seguinte. Que sim. E mais disse: – Estou muito velha para guardar os meus segredos. Se quiseres, posso começar a ensinar-te as plantas e as suas propriedades. Dás-me uma ajuda, tornas-te útil e eu conto-te as minhas histórias.

E assim foi. Outras crianças vieram, foram e voltaram e as histórias da velha curandeira começaram a circular, e não era novidade para ninguém que, se lhe perguntavam quem lhas tinha contado, ela respondesse sempre a mesma coisa, que tinha sido o Urso.

E depois chegou o dia em que a velha curandeira, cada vez mais velha, esqueceu todas as histórias, só não se esquecia de sorrir. Nem por isso as crianças deixaram de visitá-la, e eram agora elas que lhe traziam as histórias, mas tão diferentes, à força de contadas e recontadas, que já não lhe pertenciam nem a ela nem ao Urso, mas a toda a aldeia.

Um dia Laura viu a sala
desaparecer no escuro e murmurou:
«**Quem me tira o dia?**»

Era o Urso que voltava. Este empurrou a porta, tomou a velhinha nos braços e, falando-lhe baixinho, embalou-a como quem embala uma criança. Laura adormeceu de vez a sorrir e a pensar que o noivo, por quem tinha esperado tantos anos, tinha vindo buscá-la.

Depois o Urso envolveu-a muito bem com a manta que a boa senhora repartira com ele e saiu no seu passo silencioso de urso. Tinha vindo para lhe contar uma última história.

Quinta-feira

À saída da escola, lá estava a avó à minha espera e eu disse-lhe: – Sabes Vó, a tua história fez-me pensar no meu colega, aquele menino do boné que no recreio passa o tempo encostado a uma árvore. Ele bem precisava de ir a uma curandeira como a Laura, não achas?

Em vez de responder, a avó anunciou:

– Tenho uma surpresa, Ema. A minha amiga Alice ofereceu-me uma das suas pinturas. Está na parede do meu escritório. Queres ver?

Lá fomos, e vi logo a cadeira vazia pintada quase no meio do quadro com muitas fitas à volta e palavras que não existem…

A avó explicou-me que, para poder lê-las, era preciso encontrar uma chave, quer dizer, um código para as decifrar.

– E olha, o quadro tem um título, lê aqui. E eu li: Por isso te sentei numa cadeira de vento.

Foi então que ela disse: – Sabes, Ema, numa cadeira inventada senta-se quem nós quisermos.

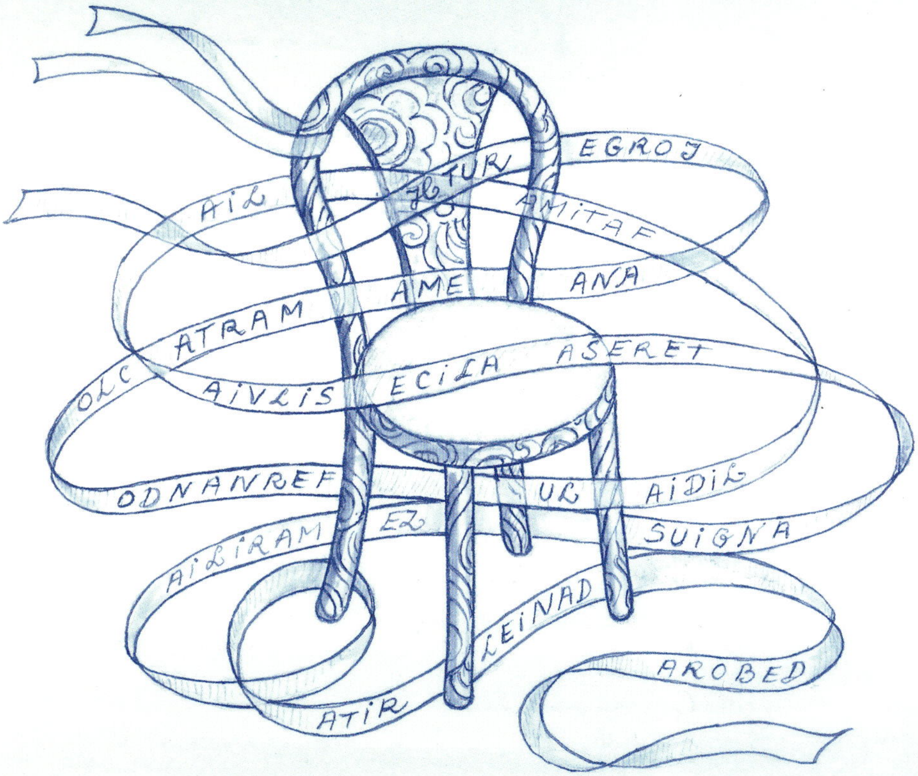
AIL
HTUR
EGROJ
AMITAF
ATRAM
AME
ANA
OLC
ASERET
AIVLIS
ECILA
ODNANREF
UL
AIDIL
AILIRAM
EZ
SUIGNA
LEINAD
AROBED
ATIR

Sexta-feira

Hoje apresentei o meu colega à avó. À força de dizer o menino que não ri, o menino que não brinca, o menino que não fala, quase esquecia que ele tem nome. Chama-se Jorge. A meu pedido, a avó deu-lhe o número de telefone e ficou combinado que ele ia pedir aos pais para o deixarem ir lanchar lá a casa amanhã. Tenho a certeza que ele vem e depois peço à avó para contar outra vez a história da Laura e do Urso.

Mal ficámos sozinhas, disse-lhe que hoje o menino tinha falado comigo pela primeira vez. Ela quis saber como é que isso tinha acontecido.

Contei que tinha chegado ao pé dele e lhe tinha dito: – Que achas da cadeira que está à tua espera?, e ele perguntou: – Qual cadeira?, e eu respondi: – A cadeira vazia que está num quadro em casa da minha avó e o quadro tem também nomes escondidos que tu podes ajudar-me a decifrar.

Sábado

Ontem à noite, como eu esperava, a mãe do Jorge telefonou à minha avó e hoje veio trazê-lo depois de almoço.

Entre os dois, depressa deciframos os nomes que estavam disfarçados no quadro. Foi fácil porque só estavam escritos ao contrário, e o Jorge, ao encontrar lá o dele, nem queria acreditar e mostrou que sabia sorrir. A seguir fomos ver os meus brinquedos e ele mostrou que sabia brincar.

Para o lanche a avó preparou um chocolate espesso e quente, daqueles onde a colher fica quase em pé.

Quando chegou a hora da história, viu-se que Jorge sabia ouvir. Quando a história acabou, ele ficou um tempo calado e depois

perguntou à avó se ela sabia o que é que a curandeira tinha dito ao rapaz.

Ela sorriu, talvez por estar à espera da pergunta que eu não lhe tinha feito … e respondeu que podia muito bem ter sido uma cantilena, uma espécie de fala brincada para divertir e aguçar a curiosidade do rapaz e o fazer voltar mais vezes. E depois disse para prestarmos atenção e recitou-nos a cantilena.

Por fim a avó foi ao computador onde a tinha escrito e imprimiu-a para nós.

E foi assim que passámos este belo dia. Quando a mãe de Jorge veio buscá-lo, ele agradeceu e perguntou: – A senhora não se importa que eu venha mais vezes?

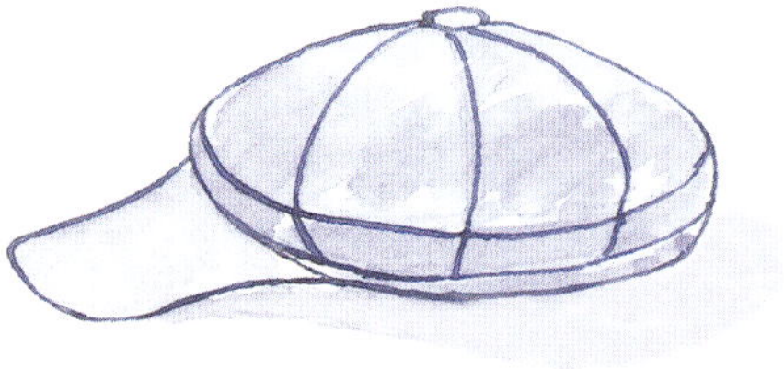

Cantilena

– Senta-te aqui meu menino
neste banco de madeira,
vou contar-te uma história,
vem aqui pr'à minha beira.

– Não quero banco de madeira
nem cadeira ou cadeirão,
sou o menino que sou,
deixem-me estar onde estou,
deixem-se estar onde estão.

– Senta-te aqui meu menino
neste banquinho de prata,
vou contar-te a história
do mais famoso pirata.

– Não quero banquinho de prata
nem cadeira ou cadeirão,
sou o menino que sou
deixem-me estar onde estou
deixem-se estar onde estão.

– Senta-te aqui meu menino
neste banquinho de oiro,
vou contar-te uma história,
vem descobrir um tesouro.

– Não quero banquinho de oiro
nem cadeira ou cadeirão,
sou o menino que sou
deixem-me estar onde estou
deixem-se estar onde estão.

– Num cavalinho de sonho
sempre pronto a baloiçar,
vem sentar-te meu menino
vem comigo viajar.

– Corre, corre cavalinho…
isso assim é que é falar,
venham lá essas histórias
todas elas d'encantar.

– Foi esta a história de Laura
ou a história de um menino
pronto a ouvir a história
que vos estou a contar,
sem saber qual de nós dois,
com coração no baloiço,
a esteve a inventar.

Índice

Título: **O Ano do Urso**
Autora (escreveu e ilustrou): **Flor Campino**

Edição: **Edições Afrontamento, Lda.**
Rua de Costa Cabral, 859 – 4200-225 Porto
www.edicoesafrontamento.pt | geral@edicoesafrontamento.pt
Colecção: Tretas e Letras / 63
N.º de edição: 1358
ISBN: 978-972-36-1148-9
Depósito Legal: 232637/11
Impressão e acabamento: Rainho & Neves, Santa Maria da Feira
geral@rainhoeneves.pt
Distribuição: Companhia das Artes – Livros e Distribuição, Lda.
comercial@companhiadasartes.pt

MARÇO DE 2011